AF582950

À 2mainS

ISBN papier : 978-2-37806-367-2

Tel: (+241) 066600380 / 077853540

Efry Trytch Mudumumbula

****

Débora Kouame

À 2mainS

(Poésie)

À 2mainS

Du même auteur

- *Mimbi et le monde* (roman), Paris, Éditions Édilivre, 2016.

- *le chemin qui mène vers...* (roman), Paris, Éditions Édilivre, 2018.

- *Chronique d'un Dieu oublié (*nouvelles), Abidjan, Éditions Gnk, 2020.

- *"Le dernier forfait de Dolè" in Ce que le chien a vu à Nzeng Ayong* (nouvelle/Collectif UDEG), Libreville, Éditions Udeg, 2020.

- *Brasier de vers* (poésie/ CODAAF) Libreville, Éditions Gnk Gabon, 2020.

- *Bien conjuguer* (essai), Libreville, Éditions Gnk Gabon, 2021.

- *Les vers de la vie* (poésie/ Fath Kumbe Manduku), Libreville, Éditions Gnk Gabon, 2021.

- *Mémoire épluchée* (nouvelle), Libreville, Éditions Gnk Gabon, 2021.

- *L'appât-science* (théâtre), Libreville, Éditions Gnk Gabon, 2021.

- *Ghélongo ou le remède* (roman/Okoumba-Nkoghe), Libreville, Éditions Gnk Gabon, 2021.

- *Tous ces ans foirés* (théâtre), Libreville, Éditions Gnk Gabon, 2021.

- *Mes passions brûlantes* (poésie/avec Princesse Loango), Libreville, Éditions Gnk Gabon, 2021.

- *Nos vers en vert* (poésie/CODAAF), Libreville, Éditions Gnk Gabon, 2021.
- *La révolte des Casses-Rôles* (poésie/CODAAF), Libreville, Éditions Gnk Gabon, 2021.
- *Les Larmes De Ma Conscience* (roman), Libreville, Éditions Gnk Gabon, 2021.

Va et meurs une fois !

Va et meurs une fois !

Pour que fleurisse le jour

Pour que demain arrive

Pour que les arbres grandissent

Va et meurs une fois !

Afin que l'enfant se lève

Afin qu'il s'intègre

Afin que la faim meurt

Va et meurs une fois !

Pour sauver la vie

Pour sauver l'humanité

Pour sauver le bonheur

Va et meurs une fois !

Afin que rien ne nous arrive

Afin que la vie soit désormais belle

Afin que vivre rime avec amour

Va et meurs une fois !

La vie et la mort

La vie c'est l'amour pensé
Un don précieux offert en gratuité
Le bien-être en preuve
Le beau en œuvre

La vie c'est la passion
L'éveil de tous les sens
Ce sont des amitiés, des relations
La vie, c'est la présence

La vie c'est où l'espoir fleurit
Il faut la mordre à pleine dent et dire merci
La vie c'est le bonheur
La beauté et l'énergie
La vie rend heureux

Comme d'un coup de magie

La vie devient belle quand tout va bien
La vie est faite de beaucoup de difficultés
Mais avec le courage on peut y arriver
Il suffit de volontiers, de dynamisme et d'un rien

La vie a des hauts et des bas
Mais il faut tenir haut le débat
Il faut respirer la vie
Pour s'agripper à la survie

La vie va-et-vient
Ne pas courir derrière des biens
Même si on y tient
Éviter que la vie ne soit un rien

Son adversaire farouche est la mort
Elle continue son chemin avec sérénité
Elle marche sans sourciller
Elle prend tout le monde sans remord

En toute sincérité
La mort est la face couverte
Du monde. Le visage voilé, la découverte
C'est la crispation au gré

Du vent. Elle est l'agent régulateur
Le flash de la peur
Le grand farceur
Le maître menteur

La mort est la terreur
On n'y pense même pas

On ne la prévoit même pas

La mort c'est l'enfer, le murmure, la rumeur

Ah ! La mort

Oh ! La mort

La mort est là

Impatiente et las

Elle fredonne une mélodie périlleuse

De ses griffes te conduit sur une voie sinueuse

De la vie à la mort, il n'y a qu'un seul pas

En une fraction de seconde

On passe de la vie à trépas

La mort est si rapide et féconde

La mort est au bout des sourcils

Elle arrive en un battement de cils

La mort c'est le pire

La mort mord comme un vampire

La vie et la mort

Sont en guerre perpétuelle

Elles se griffent et se mordent, c'est leur sort

La vie et la mort

Sont en lutte éternelle

Une malédiction sempiternelle

Amour à distance

Elle

Mon amour pour toi est sincère

Je t'aime fort, tu le sais,

Je suis là, je t'attendrai

Tu sais l'amour rime avec patience

L'amour c'est le plus grand plaisir

L'amour est une grande science

Que le monde exploite souvent avec malice

Je vais te prouver

Jour et nuit

Mon amour aliéné pour toi

Car tu comptes plus que tout pour moi

Lui

Tu sais que moi aussi je t'aime

Mon amour pour toi est fou

Chaque jour, je pense à toi

Et le temps est froid quand tu ne me réponds pas

Je vie chaque jour un bonheur immense

Ton sourire angélique est doux

Ta beauté illumine mes journées

Comme une étoile la nuit dans le ciel

Elle

Viens-moi vite…

Lui

J'arrive…

Elle

Viens…

Avant que le vent ne cesse

Avant que le jour ne déprime

Avant que la lumière ne fane

Lui

Je serai là

Avant que la nuit ne te surprenne

Avant que tu ne t'endormes

Avant que la tristesse ne soit là

Avant que la colère n'éponge tes larmes

Elle

Viens…

Avant que la lune ne danse

Avant que les étoiles ne meurent

Avant que la bise ne sèche

Lui

Je serai là

Pour que l'espoir frémisse

Pour que le rire t'éblouisse

Pour que les silences s'étouffent

Pour que les mots jaillissent

Elle

Je t'attends déjà

Lui

Je suis déjà là

Demande à ton cœur

Non à l'échec !

Sur les traces d'une vie échouée
La joie détale les bras noués
Les miettes et les poussières de bonheur
Réagissent comme des vers de terreur

La vie tenue en échec, ne mérite pas d'être vécue
L'échec tue la vie
La peur d'échouer nous emprisonne la vue
Jusqu'au moment où l'on est surpris

Maintenant, on est tenu en laisse
Jouissant dans la paresse
L'échec dérobe nos rêves
Et tout demeure en trêve

Devant l'échec quelle attitude adopter

Faudrait-il sombrer ou plutôt se relever ?

L'échec est un chemin

Que seuls les vainqueurs connaissent le secret

L'échec n'est pas un loisir

C'est une voie à ne pas choisir

La vie se trouve ailleurs

Là-bas c'est bien, c'est meilleur

La vie est de l'autre côté de la rive

N'aie pas peur, il faut que tu y arrives

Traverse la vallée de l'échec, sors de là-bas même déformé

L'échec ne peut te détruire mais seulement te forger

C'est un chemin obligatoire

Un arrêt, une lueur transitoire

C'est la vallée déserte

Celle de ta réalisation ou de ta perte

Relève-toi sois sage

Prends courage

Marque le pas

Et ne fléchis pas

L'échec est malodorant

Il rend la personne nue

L'échec est malvenu

Tout ce qu'il prend, il ne rend

L'échec n'est pas ta demeure

Tous ceux qui sont avec lui meurent

Son existence est noire

Elle trimballe des illusions, des déboires

Alors non à l'échec

Eya ! Quand l'homme vainc !

Non à la peur

Eya ! Au bonheur !

De ce côté-ci

Le malheur rode dans sa robe

De l'autre côté là-bas, il y a un job

Tout pour dire merci

Là-bas la réussite m'attend

Pour cette joie, je suis partant

Allons-y pour une vie où plane le beau

Allons-y pour une vie sans fardeau

La tristesse

Je refuse

Non je ne veux pas

Non ! Bon Dieu !

Elle s'impose à moi

La tristesse envahit mon âme

Et assombri mon visage

Elle me peine, même si

Elle n'est que de courte durée

Je suis triste et mélancolique

Dans ma tête c'est du bazar

Je lutte dans mon for intérieur

La tristesse me tient le cœur

L'espoir donne la vie

Le désespoir la mort

La tristesse ronge mon cœur

Elle me frappe et je me tais

Céder c'est abandonner

Accepter c'est se résigner

Se laisser bercer c'est partir

Partir pour mourir un peu

Or je ne veux pas mourir

Il faut que je lutte cruellement

Qui de nous deux vaincra l'autre

J'espère de tout cœur que ce sera moi

J'y arriverais j'en suis sûr(e)

La vie ne demande que très peu d'efforts

Surmonter les tensions

Est la voie de l'espérance

Vivre dans la tristesse c'est subir

Mais vaincre, c'est réussir

La tristesse est présente partout

Elle se distribue à tout va

Chez les êtres sensibles

Elle est relationnelle

La tristesse cible

Et te crible de ses balles

Une chose est sûre

Je ne serais pas sa cible

La tristesse est inhumaine

La tristesse enrhume nos vies

Vie désolante

Vie déserte

Vie de tristesse

Passion déchaînée

L'envie de vaincre

Est plus fort que

La peur de la rage

Au bout de l'effort

Se trouve ma récompense

Fonce et ne t'arrête pas

Vas, c'est sans retour

Un jour, je le sais

Le soleil luira pour moi

Je suis bien déterminé(e)

Et le charme du lever du jour

Détruira toute lueur de tristesse

Ce jour-là, la vie reprendra son cours

Le temps retrouvera sa course

Aujourd'hui m'appartient

Demain est espoir

Tristesse hôte-toi de mon chemin

Ma destinée est devant

Le bien et le mal

Le bien vient de l'amour, un honneur

Il produit le bonheur

Le bien donne la joie

Vivre du bien, c'est être heureux avec ou sans foi

Le bien depuis nos pairs

Guide nos pas vers

Le bien est la maison de notre père

Construite en vers

Le bien est toujours

La fraîcheur du jour

Le bien est tel un rayon

De soleil. Il est bon

Le bien est la lumière

Perçant les ténèbres

Le bien nourrit les vertèbres

Il est meilleur que la bière

Le bien c'est le beau jour

Il s'obtient sans détour

Le bien c'est cool

Il nettoie comme l'alcool

Le bien c'est le bonbon

Il vient simplement du cœur

Le bien se cultive en chœur

C'est l'énergie qui se donne même en bon

Le bien se voit sur chez hommes rares

Le monde malheureusement explore mieux le bizarre
Le bien se partage avec de bonnes idées
Il s'obtient en ayant de bonnes pensées

Or le mal
Même dans les balades
Est le coup qui fait le plus mal
C'est l'état d'un cœur malade
Le mal donne des maux
Difficile d'arrêter avec des mots
Le mal est la conséquence de la méchanceté
Il se dévoile avec lâcheté

Le mal est la face opposée du bien
Le bonheur devant le mal c'est rien
Le mal est l'horreur

Il est le supra de la terreur

Le mal n'est pas dans le paraître

Pas même destructible avec le fer

Le mal c'est Lucifer

Le mot est là. C'est le nom même de l'être

Le mal et le bien sont des frères

Tous deux issus du même père

Le bien est Jésus et le mal Satan

Les deux sont en nous depuis longtemps

Qui choisit et qui laissé

Même ne pas choisir c'est déjà choisir

Le choix n'est pas aisé

Seulement ne pas le faire c'est mourir

Le bien a une issue glorieuse

Il nous mène aux cieux

Même si le bien est une voie sinueuse

Propageons le bien le monde pour être demain

assis aux côtés de Dieu

L'Un et l'Autre

L'Un et l'Autre sont tous deux des enfants de Dieu
Les deux ne font que la volonté des cieux
L'Un a pour mission de diriger les âmes bonnes
Et l'Autre celle des mauvaises, les pas du tout bonnes
Le duel s'annonce difficile
Et chacun des concurrents pas fragiles
L'Un a un bon cœur
Et l'Autre a un plein de rancœur
La grande question est alors :
De qui des deux, le premier, verra le dehors ?

Silence

Retiens le mot : silence
C'est la manifestation de l'absence
C'est là où la vie gémit
Et la mort sourit

Silence
Ici il n'y a pas de présence
Le silence se fait ovation
Et le son est rétention

Le silence est une petite mort
Le silence est l'absence de voix
Le silence est sur chaque voie
Comme un chauffeur, il peut te conduire jusqu'au port

Le silence de la nature est méditation

Le silence de l'homme est réflexion

Rester silencieux est un crime

C'est la vie qui déprime

Le silence une arme redoutable

C'est la vie insoutenable

Le silence limite le possible

C'est le rien impossible

Le silence fait chiiii!

Le silence adore le didiiii!

Le silence est destructeur

Il ne faut pas le prendre pour instituteur

C'est le rejet du son

Où le désespoir porte des fruits

C'est la marque : pas de bruit

Le grand nettoyeur, le paillasson

Le silence détruit la vie

Il ne donne pas envie

Le silence fait peur

Pour la vie, il en est le détracteur

Aimer

Aimer

Un sentiment difficile

Aimer des émotions complexes

Aimer est simple

C'est aussi facile

Malgré tout

Il semble pénible

Aimer

C'est chérir quelqu'un de tout son cœur

Prendre tout ce qui est beau

Et le lui donner

Faire abstraction de toute négativité

Ah amour quand tu nous tiens !

Aimer est le verbe le plus complet du monde

Un verbe qui rejette toute forme d'égoïsme

Puisqu'il inclut toujours une personne autre que soi

C'est un sentiment égoïste

C'est l'égoïsme par l'exclusivité

Mais ce caractère est le nœud gordien

L'exclusivité apporte des problèmes

Jalousie, possession et parfois brutalité

Problèmes

Enchaînement et changement de situation

La vie nous enseigne très souvent

Que l'autre finit bien souvent

Dans ces conditions-là

Par nous trahir

Drame

Silence, ici on travaille !

Silence

Ici on réfléchit

Silence

Ici on travaille

Le silence permet

L'évaluation personnelle

C'est le mode simple

De l'évolution au quotidien

Le silence est le propre de la quiétude

Et la voie des esprits

Il permet de se retrouver

Même perdu dans ses pensées

Le silence est meilleur que le bruit

Il permet de se concentrer

Le silence est le chuchotement de la vie

Le chemin qui mène à la réussite

Silence

Ici on réfléchit

Silence

Ici on travaille

Silence, je communique avec Dieu

Silence, je parle avec mes ancêtres

Mon esprit reçoit leurs instructions

Et il les questionne sur les mystères de la vie

Silencieux, je suis jusqu'à l'intérieur de moi

Silence, je goûte aux délices de leurs paroles

Silence, il est temps de partir

Partir vers le plaisir

Silence, il est temps de se bousculer

Le bruit n'apportera rien de bon

Silence

Entends les cris du silence

Silence

Ici on réfléchit

Silence

Ici on travaille

Silence, les manques jaunissent

Silence, l'herbe grandit

Silence, les oiseaux chantent

Pour que vive le bonheur

Silence, entends la voix de l'eau

Silence, écoute les pleurs des vagues

Silence, la nature nous appelle

Silence, entends le souffle du vent

Silence, je puisse au tréfonds de moi

Silence, j'entre dans mon intimité profondeur

Je suis face à ma face

Silence, je ne veux pas atteindre le bout du silence

Chuuut ! Je travaille

Chuuut ! Je suis en pleine méditation

Chuuut ! Pas de bruit

Chuuut ! Chuuut ! Chuuut !

Silence

Ici on réfléchit

Silence

Ici on travaille

À mon inconnu

À mon inconnu

Celui qui nage dans l'inconnu

Je sais que je ne t'ai pas encore connu

Mais de ton amour, je me sens déjà toute nue

Je te veux amour

Je te veux le jour

Je te veux pour moi

Jusque dans mon surmoi

Il était là

Pour me voir

Mais il est resté là

Bas, sans se mouvoir

J'aurais bien voulu qu'il fasse le premier pas
Mais jusque-là, pas un pas
Mon inconnu, dans ma vie, occupe une place précieuse
Mon cœur se meurt de son immobilité silencieuse

Dans mon cœur
Il y a un nœud, j'attends toujours l'heure
Qui pour me défaire
De cet enfer ?

Je te veux près et proche de moi
Il est temps que tu descendes de ton toit
Il est temps, viens avant la fin du mois
Mon cœur est bas par manque de toi

Il est parti sans dire au revoir

Il est parti en ne laissant rien entrevoir

Dois-je courir après lui pour espérer le voir ?

Comment faire, y a-t-il quelque chose à prévoir?

Partir c'est mourir un peu, Dieu des cieux

Mais toi, ton départ me tue totalement

S'il te plaît, reviens-moi mon amant

Mon inconnu, mon tendre amour, mon précieux

Dans ma tête il y a le parfum de ta sublime voix

Mon être m'exalte de suivre cette voie

Reviens

Sinon je meurs, je te préviens

Nuit et jour je pense pour nous je prie

Ton absence me crée beaucoup de peines

Ton silence se transforme en sentier de plaine

Sur le mont Iboundji, mon inconnu, je crie

De ton amour, j'en suis ivre

Tu es celui qui me fait vivre

Viens t'abreuver en quantité

Je suis à toi à volonté

L'âme de la nuit

L'âme de la nuit
Est là vallée de la mort
L'âme de la nuit
Est l'ombre du remords

Je ne sais comment l'éviter
Je ne sais comment la contourner
De toute les manières
Je sais qu'elle viendra

Sans aucune barrière
Elle m'enlèvera
De mes siens
Sans les laisser aucun biens

Elle me conduira dans les tréfonds

Du monde profond

M'induira de son parfum mystérieux

Sur les pas d'un adieu ennuyeux

Là-bas

Où tout est ignorance

Là-bas

Où règne la souffrance

Donnez-moi un remède

Donnez-moi un secret

La mort me précède

Mon cœur est plein de regret

Comme une fleur

Comme une fleur

Qui trouble les odeurs

Tu es apparue

Et devant toi j'ai été nu

Plus un mot ne sortait

J'étais devenu muet

Tout, devant moi était désormais un secret

Pourtant avant, j'étais

Celui qui le plus bavardait

Comme une fleur

Tu as triomphé

De toutes ces erreurs

Célébrées

Maintenant, tu es ma déesse

Celle qui, chaque jour, me sort de cette insoutenable détresse

Tu es ma belle

Et mon éternelle

À l'Aube

Lui :

J'ai reçu ta lettre

Dans laquelle tu me fixes l'heure

Le message est clair

C'est à l'Aube que tu es disposée à me voir

Je serai là mon amour

De toi chaque jour je rêve

Ta si grande beauté est esthétique

Au nom de Dieu, de toi, j'en suis fou

À la fenêtre

Regard rivé vers les étoiles

Je regarde ton sourire

Éblouir le ciel à mille lieux de moi

À l'Aube je serai là

Devant la porte que tu as indiquée

Ne t'inquiète pas, sois tranquille

Pour notre amour je n'y manquerais pour rien au monde

Elle :

Je suis plus que émerveillée

À l'idée de te rencontrer

Et j'ai déjà tout préparé

Robe, petite culotte, champagne et gâterie

Oh ! Combien cette nuit me paraît longue

Oh ! Combien ce temps marche à l'envers

Je regarde à chaque fois à ma montre

Je veux déjà être à l'heure dévoilée

Mon amour, je veux te voir

Sentir ton parfum

Ressentir la vibration qu'émet mon corps

Sur ta peau de velours

Rien qu'à y penser

Tout frémit en moi

Je sais que le jour apparaîtra

Et que la nuit volera en éclat

Lui :

À la première lueur du jour

J'y serai, j'ai hâte de te voir

Ton regard me manque

Et ta beauté me charme

Tu es spéciale

Pour moi, tu es un ange

Tombé du ciel

Seulement pour moi

J'arrive déjà même

J'en ai marre d'attendre

Cette vilaine heure

Qui prend tout son temps

Elle :

Je me pare de mes précieuses perles

Pensant à toi : à tes lèvres si délicieuses

Ton visage si doux

Mon amour, je ne rêve que de toi

Mon amour pour toi me fait frémir

Il me hâte de te voir

Ton beau corps me tente

Et vers toi mes pensées s'avancent

Je n'ai qu'une seule envie

Car je suis ivre d'amour pour toi

Je veux que tu couvres de doux baisers

Je veux boire le vin de l'amour avec toi

Lui :

Alors, que l'Aube arrive

Et que notre idylle chante le bonheur

De ce temps particulier

Et de cette nuit insomniaque

Hommage à Lunea Ririe

Ma belle aux cheveux châtain

Ma reine au parfum de miel

Ma beauté aux huiles d'ébène

Ma déesse du ciel

Ma Lunea à moi

Est spéciale comme la lune

Belle et éloquente, elle luit

Comme le soleil au firmament

Lumière spéciale

Une dame de caractère

Née entre ciel et terre

Elle est la prunelle de mes yeux

Ailée, elle est un ange

Je voudrais t'offrir une rose

Mais une ne saurait suffire

Pour dire ce que je ressens

Ton sourire Colgate éblouit à mille lieux

Rien que ton clin d'œil me subjugue

Insaisissable tu es très

Chère Lunea

Ton heur a sonné et maintenant

Inventive tu demeureras

Objectif visé : plus encore de maturité

Radieuse tu es

Impeccable est ton doux visage

Rayonnante est la couleur de ta peau

Invincible comme une lionne...

Émancipé, femme moderne, femme pure

Femme battante au cœur plein de bonté

Femme des îles, qui ne fléchit pas même attaquée

Femme puissante qui veille

Pour que sonne pour nous le réveil

Tu es notre voix dans les tréfonds de l'amnésie du silence

Douce nuit

Douce nuit noire

Toi qui te substitues au soir

Pourquoi suis-je toujours en émoi

Quand las de désespoir ?

Mon être croise ta voie

Cette voie qui m'envoute

Me traine dans un profond sommeil

Qui sait si j'en sortirais

Vivant ou mort

Je lutte

Je veux triompher

Douce nuit tu es

Agréable nuit tu seras

Et par-delà les horizons maudits

Au-delà des mondes interdits

Tu suscites tant d'émotions en moi

Tu ravives maintes passions crois-moi

Oui des passions qui me hantent

Douce nuit

Parce que je veux

Douce nuit

Parce que c'est mon désir

Désir comme un envol vers nos passions

Passionnées

Passionnées mais vite éclipsées

La nuit c'est l'ennui

L'ennui, ça me nuit

La nuit des nuées

M'entrainant dans des confins hagards

Et se terminant par des fins capitulardes

Le ciel se zèbre de lumières

Émois, émois et moi

Endolori par le poids des choses

Je songe dans le ventre de la nuit

Reposer mon âme

Je sais

À minuit

C'est ni le jour

Ni la nuit

C'est ni le bonsoir

Ni le bonjour

Tout ceci n'a rien à voir

C'est le moment dont on n'a pas le pouvoir

Où la fatigue t'emporte quel ennui !

C'est le temps, il est mi-nuit

La courbe de la lune dit au revoir

Dans une course effrénée

Lumière sans vie

La nuit est noire, pas étoilée

L'air est volage

Et le vent libertinage

Adieu ennui

Bonjour mi-nuit

Je m'en vais

Mais pas à jamais

UA. Poétiquement Vôtre

Un nouveau jour

Bonjour chers tous

Un nouveau jour naquit

Jour d'espérance

Où nous hommes, témoins de l'histoire de l'humanité

Donnons rendez-vous pour s'instruire et instruire l'humanité

L'instruction sans laquelle nous sommes obscures

Obscurité est un lieu d'enfer pour l'homme

Comment sortir ?

Comment influencer ?

Comment changer ce monde ?

Jeunesse instruis-toi

C'est le moteur de la vie

C'est la vie en hauteur

Beau jour

Beau temps

La vie je la tiens

Pour toujours

Où fuir pour aller loin de soi-même ?

Où fuir pour fuir le savoir, le fondement ?

Où pointer le regard pour visiter l'invisible ?

Où fuir pour fuir les presses d'un monde en mouvement ?

Il faut fuir sans fuir l'instruction, la réflexologie...

Pauvre jeunesse

Assoupit dans les méandres obscurs de la facilité

Lève-toi !

Bouge-toi !

Arme-toi

De perspicacité

De fougue !

Arme-toi

De ténacité !

Pour marcher sur ces glaïeuls, qui

Te tirent pour t'attirer à une fin triste

Fin qui, n'est sûrement pas ta destinée

Ôté-toi des serres de cette léthargie

Simplement, parce que, tu as rendez-vous avec

l'histoire de l'humanité

Demain, c'est toi

Oui, toi

Qui tiendra la main de tes petits enfants

De ces sentiers battus

Emprunter le chemin de l'apprentissage

Apprentissage qui mène à la route du savoir

Le savoir qui nous ouvre les portes de la vie

Vie faite d'horizons divers et pluriels

Vie parfois belle et amère

Oui petit enfant

Petit d'aujourd'hui mais grand de demain

Grand pour posséder

Grand pour dominer

L'avenir appartient à celui qui se lève

Le jour se lève

L'homme se lève

La vie nous élève

À qui appartient le monde ?

Petit enfants bats-toi

Demain sera radieux

J'y crois

Car sous mes pas susurre un léger vent

Dont le gazouillement colore la vie d'espoir

Un pas

Encore un autre

Un autre encore

Un autre, un autre, un autre encore

Puis la vie s'ouvre devant soi

Pour y marquer des Lettres d'or

La vie est un long chemin

Et chaque arrêt

Une nouvelle vie qui commence

Un départ

Un souffle nouveau

Une énergie

On la relance la vie

Avec de nouvelles perspectives en vue

On reprend le train en marche

La vie est belle

Mais campe dans une incertitude

Pourtant, nous revoici partis

Le cœur battant la chamade

Le vent siffle dans nos oreilles

Les arbres font la course devant nous

En empruntant le chemin inverse

Le passé nous hante

Le présent, de moins en moins nous dérange

Et le futur se range

Les mimosas dressent leurs corolles

Leur vivacité

Leur ambiance

Et leur odeur

Pour nous embaumer afin de nous emporter

Autour des cirrus

Pour séjourner avec Dieu

Lève les yeux

Vers les cieux

Un nouveau jour naît sans virus

UA. Poétiquement Vôtre

La nuit

C'est la nuit noire

Elle est la même chez moi

Il fait froid ce soir

D'un doux alizé

Naît en moi une volupté

Et une chaleur torride

Comme une heure en zone aride

Elle est une nuit perfide

Avec ses airs splendides

Je le sens de mon flair candide

Le vent placide

Berce cette nuit avide

Dans ce beau ciel limpide

Et me donne des sentiments de vide

D'où mes idées surgissent comme des astéroïdes

En volant le temps tel un androïde

Me plongeant dans une sensation timide

En rendant mon âme livide

Explorant une armée d'étoiles téléguidées par la reine de la nuit

Sentiment fragile, peu gai

Que faire quand je veux une belle nuit

Nuit aux parfums plasmides

D'où surgissent les galops de Morphée

Nuit dédiée à la déesse

Venant emporter mon être fragile et hagard

Tel un voyageur capide

Tel un pauvre sans abri

Marchant sur un chemin solide

Chemin sans issue

Telle une noce nubile déchantée

Chant glouton de la nuit cupide

Agacé de tourments inéluctables

D'une marche, d'une balade valide,

Nocturne d'un noctambule égaré

Tracassé par les soucis de la vie

Mais toujours avec le sourire

Comme s'il avait envie

De dire dans un rire

Je tiens encore à la vie

C'est triste mais ma vie n'est pas finie

UA. Poétiquement Vôtre

Comme une étoile

Comme une étoile dans le ciel

Illuminant le monde sans fiel

Comme le nectar des abeilles, le miel

Nourrissant chaque jour iel

Le soleil marche sans cesse

Se lève sans paresse

Triomphe de la nuit sans pareil

Pour le bonheur doux du réveil

Je brillerai dans ce monde

Laisserai une empreinte

De ma plume féconde

J'écrirai des mots libres, sans étreinte

Je créerai un pays sans étroitesse

Je ferai une ville belle

Elle inondera assurément de prouesse

Sa beauté sera alors éternelle

Comme le parfum de la fleur

Riche et sans douleur

La vie, là-bas, aura une bonne odeur

Celle d'une existence sans horreur

Ô monde sans méfiance

Où règnent amitié et confiance

Ô monde au bonheur illimité

Quel régal pour l'humanité !

Douce nuit

Nuit

Ma tendre nuit

Ô douce nuit

Qui es-tu vraiment ?

Es-tu cette douce dame

Celle aux cheveux tendres

Aux doigts de douceur

Qui confisque mes rêves ?

Es-tu cette simplicité

Celle qui des jours pluriels

Me rend heureux

Et surtout altruiste ?

Es-tu cette bouche

Qui aux réveils florissants

Aux levants envoûtants

Aux heures décalées

À la réinvention du temps

Et à celle de la notion

À la réincarnation de la vie

Et à celle du monde

Murmure au creux de mon oreille

Gauche

La mélodie de salutation

"Beau jour mon seigneur" ?

Ô douce nuit

Douce nuit dis-moi

Dis-moi qui es-tu

Qui es-tu vraiment ?

Es-tu cette fleur

Qui au contact de la beauté

Germe ?

Dis-moi

Es-tu ce renouveau

Celui qui ne peut mourir

Celui qui chaque jour

Se renouvelle au contact de la lumière ?

Es-tu cette bise

Sous le ciel bleu ?

Es-tu cette caresse

Sous le soleil rose ?

Es-tu cette empreinte dans le ciel

Celle qui couvre mes nuits

De plaisirs

Et de sensualité ?

Ô douce nuit

Es-tu cette gifle maudite

Du protecteur

Sur cette horde de sorciers ?

Ô douce nuit

La splendeur de ta beauté

Me rend encore plus fou

Plus fou d'amour pour toi

Douce nuit

Ô belle créature

Ta beauté angélique

Me trouble intensément

Nuit

Ma tendre nuit

Ô douce nuit

Qui es-tu vraiment ?

L'avenir

Regarde !

Regarde devant toi !

Regarde vers l'avant

Regarde vers l'avenir !

L'avenir est beau

Et s'étiole si tu marches en faux

L'avenir est le reflet de la lune

Le parfum des fleurs pubères

Il est le jus de cannes

La douceur du matin

Il est cette sensation de bien-être

Le goût tendre du miel de saison sèche

L'avenir est beau

Quand il est assuré

L'avenir est doux

Quand il est mesuré

Il est le ciel qui s'assagit

Le rayon du soleil qui réchauffe

Il est la lumière qui pénètre les profondeurs silencieuses

La boisson délicieuse

Regarde !

Regarde devant toi !

Regarde vers l'avant

Regarde vers l'avenir !

L'avenir c'est la tendresse du vent

La douceur du couchant

L'avenir c'est le cœur en mouvement

Le regard suave de la sauterelle

Il est le savoir

Mais aussi le devoir

Il est l'estime de soi

Le devenir de la pupille

L'avenir c'est la gloire

Le combat de l'existence

L'avenir c'est réussir son coup

Accepter le remplacement

C'est tout faire pour passer

Former pour ne pas rester

C'est patienter assis sous l'arbre

Le départ de son bus pour l'éternité

Regarde !

Regarde devant toi !

Regarde vers l'avant

Regarde vers l'avenir !

L'envol

Le voyage est long

Le trajet est sinueux

Les épines

Grosses comme un hippopotame

N'auront

Que l'effet d'une piqûre

De moustique sur un éléphant

On gardera toujours le nord

Malgré la puissance du vent

On se cramponnera à la terre

Notre terre

Pour échapper à l'ouragan

Le village s'illuminera

Les femmes brilleront

Et les hommes s'émerveilleront

Les enfants

Les tout-petits

Frémiront au rythme fou de la vie

Le temps de nouveau vierge

Excitera le ciel

Qui jettera sur nous

Les bienfaits du monde éternel

Écoute

J'attends déjà la musique magique de sa splendeur

Les cris doux de ses pulsions

La chanson de la paix

L'urne de la tranquillité

L'île du calme

Le bonheur bébé de la sève

J'entends sourdre de l'arbre

Le souffle de la mer

Les gémissements de la mère

Et les "tout doux" du père

J'entends chanter les oiseaux

La caresse des perdrix

Au soir de la veillée des sages

Les sages-femmes ancestrales

Doucinent le ventre remonté

Par cette grossesse spéciale

Et surtout générationnelle

J'entends

J'entends les chuchotements des femmes heureuses

"Pousse ! Pousse !

Elle arrive déjà

Elle est là

Si proche de la sortie

Allez !

Prends courage

Tu es la mère du monde "

Disent-elles

La fille de la forêt crie

Elle pleure de joie

Elle gémit de plaisir

Elle griffe de bonheur

De ses frêles entrailles

Naîtra la vie

De ses reins de reine Africaine

Sortira le monde

Les signes dansent

Ils mettent en œuvre

La mystérieuse

La mythique danse de la vie

« Elle est là

La vie

Elle est là

Notre reine

Tremblez de joie

Tremblez de joie »

L'artiste

Assis à un carrefour

Sans savoir pourquoi

Regard fuyant

Et le cœur au vent

Dans ce cafouillage éternel

Des silhouettes cherchent

À arrêter des véhicules

Pour des destinations plurielles

"Taxi, trois cent carrefour Léon Mba ?

Le klaxon retentissant

Pour accepter la proposition

D'autres annoncent l'arrivée d'un nouveau véhicule

Fous et autres écument le goudron

La voie est bondée

Et mon stylo pleure

Ces quelques vers

Au rythme de la cascade

Et en guise de déjeuner

Dame SEEG

Visage inchangé

Coiffée aux nattes

Me regarde avec un sourire narquois

Elle me dévisage

Belle comme un diable

Sorcière comme le souffle silencieux de la tortue

à l'orée de la nuit

La mosquée d'à côté

Hurle de toute sa voix

Appelant ainsi à la prière

Tous ces hommes

Et toutes ces femmes

Unis par le lien, l'appel

Devant moi

Trônent deux cocotiers

Dont le poids et la grosseur

Indiquent l'âge de la sagesse

La maturité est présence

Ô vie

Ô toi vieillesse

Ils ont vu passer des heures

Ont réussi à échapper au vent

Ils ont trompé des tornades

Pour dire à l'homme

Ce que l'histoire doit retenir

Tant de secrets enfouis dans leurs entrailles

Tant d'histoires à raconter

Tant de générations passées

Tant de vies ils ont vues disparaître

Ils jettent des grappes de feuilles

Pour confirmer leur présence

Des couples passent

En jetant un regard curieux vers moi

Là

Seul

Stylo en main

Marquant sur la feuille blanche

Les mots cruels de la vie

A, b, c, d, e...

La vie d'artiste

Elle est à la fois

Belle et laide

Appétissante et digeste

Je souris de cette vie là

De cette passion là

De cette folie là

Je regarde le monde

Au travers de la plume

Je souris avant d'écrire

Je pleure pour écrire

Toi ma belle

Toi mon unique

Toi ma plume

Tu resteras toujours mon amour

À 2mainS

L'inspiration

Tiens !

Le monde me semble assez différent

Par son attitude relaxante

Que par son attachement aux choses

Monde sans vie

Où pourrit l'effort

Monde de lumière floutée

Obscurcissent le jour de ses rêves évanouis

Beau

Beau, beau ?

Beauté

Beauté, beauté ?

Beauté délavée

Dans les fonds des lacs jaunis

Beauté crucifiée

Dans les caniveaux de la démoNcratie

Beauté justifiée

Par les indépendances obtenues

Beauté étouffée

Dans l'asile de la démocratie virtuelle

Vie de merde

Où la vérité se cache du mensonge

Où la connerie triomphe à tout moment

Où le savoir ne vaut plus son pesant d'or

Sombres nuages

Triste réalité

Je regarde

J'observe

Quoi, tu t'en vas déjà ?

Bon, à 2main

Mariage

Lui :

Je viens de loin pour toi

Pour œuvrer ensemble

Au pied de cet amour

Je viens à tes côtés pour vivre

Vivre ce dont m'ont toujours parlé mes parents

Vivre le plaisir d'être deux

Comment ne pas jubiler ?

Comment ne pas danser ?

Comment ne pas chanter

Les merveilles d'une vie nouvelle ?

Je te fais mienne

Désormais, tu es ma sirène

Je te fais mon cœur

Le porte flambeau de mon corps

Je t'élève devant mes parents

Je te choisis devant mes amis

Et devant Dieu, je t'accepte

Elle :

Tu sais

J'accepte cet amour

Tu sais

Je t'aime énormément

Longtemps j'ai rêvé de nous deux

Dans un jardin

Comme Adam et Ève

Livrons-nous à notre amour

Amour saint et sans faille

Pour en jouir des fruits agréables.

Pour toi

Je serais toujours là

À jamais, amour de moi

À jamais, amour pour moi

Je te jure sur tout

Que je te serais fidèle

Jusqu'à ma mort

Fais-moi entrer chez toi

Entrer dans ton cœur

Pour que je te fasse du bien

Lui :

La porte t'est grandement ouverte

Non ! Elle est tienne

Mon amour est sans faiblesse

Il me délivre de la tristesse

Bébé, soyons amis

Bébé, soyons frères

Bébé, soyons unis

Bébé, soyons heureux

Elle :

Vivons purement notre amour

Jusqu'à l'éternité de l'aube

Laissons le temps couler

Notre idylle est vraie et sincère

Pour toi

J'irai décrocher la lune

Pour toi

J'irai pêcher tout au fond de la mer

De toi

Je rendrai tous les hommes jaloux

Car je te couvrirai de baisés

À tout instant

Lui :

Viens

Mon amour

Et dans ce monde

Soyons unique

Notre amour

J'irai par-delà toute mélopée

Partager un brin de ta volupté

Longtemps, j'ai cru en toi

Comme l'avenue du sauveur, j'ai eu foi

Maintenant que tu es là

Mon cœur nage

Loin de tout, las

De la folie et de la rage

Tu es mon bouclier

Et moi, ton sabre

Tu es mon arbre

Et moi, ton sourire ombrager

Nous respectons les esprits

Croyons aux charmeurs de la nuit

Nous marchons alors sans bruit

Vers cette aventure sans prix

Porté par cet élan d'amour

Tout y passe, chant, danse

Amitié, bonne humeur, humour

Tout est grand, tout est intense

Notre idylle est forte

Elle est belle et folle

Elle s'échappe du sol

Elle est angélique en quelque sorte

Tu ne seras jamais seul(e)

Je serais-là

Quand le jour sifflera

Quand le vent soufflera

Quand la feuille tombera

Et même quand le cheveu blanchira

Je serais-là

Quand l'espoir prendra la fuite

Quand tu penseras qu'il n'y a plus de suite

Quand au lit, tu dormiras dessous

Et même quand ta vie sera sans dessus-dessous

Je serais-là

Quand le ciel te tombera

Dessus

Et même quand la nuitée, sur le jour, prendra

Le dessus

Je serais-là

Prêt à changer ta vie

Prêt à te prouver ce que c'est être un ami

Prêt, pour toi, à même donner ma vie

Prêt pour toi, ô ma belle amie

Je serais-là

Prêt à combattre la nuit

Qui refusera de chuter à minuit

Prêt à aller en guerre

Pour mettre tes ennemis en terre

Je sais que l'amitié avec les autres n'était pas du tout belle

Oui ! D'elle, tu as été déçue

Mais sache que la nôtre n'est pas superficielle

Elle est bien ancrée et tu l'as longtemps sue

Je serais-là

Juste à côté

Apte à ôter

L'existence

Des sorciers en quête d'expérience

Maintenant, dors sans méfiance

Maintenant, fais-moi confiance

Je suis ton protecteur

Je suis pour tes détracteurs,

Ton héros et l'extincteur

Pour toi

Ma Sophia

Pour toi

Ma Laricia

Pour toi

Ma Pretty

Pour toi

Ma Mimi

Pour toi

Ma Yolvie

Pour toi

Ma Julvie

Pour toi

Ma fifille

Pour toi

Ma famille

Pour toi

Mon amie

Pour vous, pour la vie

Je serais toujours là

Ensemble

Laissons passer ce vent solitaire

Laissons passer la malédiction de naguère

Sous le poids de cette énorme terre

Pour que meurt la guerre

Laissons vivre le monde

Laissons nager le poisson

Pour que désormais, abonde

La moisson

D'un même œil

Pleurons de joie

Marchons ensemble jusqu'au seuil

Pour que s'ouvre à nous la vraie voie

Celle qui conduit au bonheur

Celle qui éloigne de tout malheur

Celle qui souffle tant de vie

Celle qui réunit et unit

L'unité nous appelle

Même le ciel nous le rappelle

Les mânes nous le proposent

Alors, que leurs volontés à nous, s'imposent

Méchanceté

Homme sans valeur

Humain plein d'horreurs

Pourquoi tuer l'avenir

En rompant avec son devenir ?

L'enfant est pur

Une gifle n'est pas souillure

Mais quand cela devient un abus

On réfléchit alors par l'a.us

Un enfant est une richesse

Évitons à cet être la détresse

Il est le bonheur de demain

Et la lumière du matin

C'est lui le futur président

De la forêt, l'éléphant

Du monde l'énergie

Qui révèle l'existence, la magie

L'enfant, demain, sera le pain

L'enfant est la paix

L'enfant, demain, sera la survie

L'enfant est la vie

Différent # ennemi

Chaque personne devra savoir

Que la vie est très simple

Il suffit simplement d'y voir

Clair et d'être humble

Comprendre la position de l'autre

Sans camper sur la sienne

Accepter la différence chez l'autre

Pour que l'évolution parvienne

Chaque individu a sa compréhension

Des choses sur terre

Chacun a sa vision

Selon tout caractère

Il faut se mettre à la place des autres

En mettant pause sur la nôtre

Vivre avec l'espoir

De voir le monde éclore

Tu sais que je pense différemment de toi

Mais toi et moi sommes pareils

J'ai mon idée, tu as ton point de vue

Mais nous sommes égaux

La vie est belle

Vivons ensemble

Dans la paix et la raison

Ne laissons pas nos points de vue nous diviser

Que tu sois à gauche et moi à droite

Que tu vois le noir et moi le blanc

On est des frères et sœurs

On a un seul monde

On a une terre

On a une seule patrie

On a une vie

Et on ne vit qu'une seule fois

Toi et moi sommes appelés à se fréquenter

Préservons ce qu'on a de plus précieux

Élevons la paix

Soyons un même si

Nos idées diffèrent

Marchons

À l'unisson

Prenons-nous la main

La différence tisse demain

Elle n'est pas un crime

Il faut qu'elle s'exprime

Pour l'évolution de la vie

Pour vivre en pleine énergie

La différence n'est pas une tare

Le penser, c'est être en retard

Elle est la force de vivre, le soleil

Qui procure du bien au réveil

La différence c'est le beau

C'est la symbiose

Et c'est le partage

Même si chacun pense le contraire

On n'est pas des ennemis

Je respecte ton point de vue

Respecte juste le mien

Malgré notre différence

Nous avons beaucoup de choses en commun

Ne nous laissons pas manipuler

Différence est égale à l'existence

C'est l'évolution

La transformation

La rénovation

La transmutation

Accepter d'être différent

N'est pas un dilemme

C'est simplement la posture des gagnants

Je vous aime

La dernière heure

Elle :

Quand je pense

À tout ce qu'on a vécu

Dans tous les sens

Ces souvenirs me tuent

Petitement

Il y a eu des bons

Et des mauvais temps

Mais tu as toujours été bon

Devant de pénibles saisons

Je refuse d'accepter la réalité

Je refuse la rupture de cette dualité

J'ai vraiment l'impression que tu vas revenir

Mon amour

On a des choses plus belles à vivre

Ne laisse pas le tableau vide de toi

Ne laisse pas la maison silencieuse

Ton image y est toujours

Reviens-moi mon roi

Mes pensées se perdent

Je sais que tu es là

Reviens s'il te plaît

Lui :

Je pars pour ne plus revenir

Rester n'est plus possible

Je sais

Que la vie à tes côtés a été belle

Mais vivre sans moi

Est pour toi une délivrance

En amour

J'ai été horrible

Et tu le sais

J'ai partagé des réflexions

J'ai eu des errements

Que je n'ai plus envie

De te refaire subir

Désolé, je dois partir

Revenir n'est plus possible

La vie est ainsi faite

Quand on aime vraiment

À l'autre, on sait éviter le mal

Rien n'égale ta présence

Crois-moi

Ton absence dans ma vie

Me fera plus de mal que tu ne le penses

Je m'en vais

Elle :

Mais, souviens-toi de tous nos bons moments passés

Nos moments de folies

Nos moments d'exagérations

Nos moments de fous rires

Tu sais

La perfection n'est pas ici-bas

Tu sais

Je ne t'en veux pas pour tes actes manqués

Tu sais

Et mieux encore, je te préfère même ainsi

Ne t'en va pas

Ne me fuis pas

Que sera ma vie sans toi ?

Reste ! Oui, s'il te plaît reste pour moi

Lui :

Je ne peux pas

Je ne le peux

Je ne me le permettrais pas

Je ne le pourrais

Laisse-moi sortir

Laisse-moi m'en aller

La vie est surprenante

La vie est envoûtante

La vie est énigmatique

La vie est magique

Je te dis au revoir

On ne va plus se voir

Pour l'amour de Dieu

Je te dis adieu

Table des matières

Biographie des auteurs

Je suis Kouame Débora, née le 06/12/1988. Célibataire, et huitième enfant d'une famille de neuf.

Assistante juridique avec un brevet de technicien supérieur en sciences de l'information obtenu en 2012.

Mon amour pour la lecture et l'écriture est né depuis la classe de troisième. J'adore lire et la poésie c'est mon best of.

Mail : meyak2016@gmail.com

Efry Trytch Mudumumbula est un jeune auteur Gabonais. Il est par ailleurs étudiant de master 2 inscrit en parcours Littérature Gabonaise au département de Littératures Africaines à l'Université Omar Bongo de Libreville au Gabon. Il est également comédien à l'Atelier Dramatique Eyéno et fondateur du *Collectif Des Auteurs Africains* dit : *CODAAF* qui compte sa première publication intitulée : *Brasier de vers* signée chez Gnk Éditions en Côte d'Ivoire en 2020.

Efry Trytch Mudumumbula est auteur de plusieurs œuvres.

Mail :mudumumbulae@gmail.com /codaaf20@gmail.com

Poésies déjà parues

Brasier de vers — CODAAF
Contemplations Urbaines — M. Yann
Ignonga, Poèmes d'un Gabonais — Jerry Tadex Mawele
Mes passions brûlantes — Efry T. Mudumumbula et Princesse Loango
Nos vers en vert — CODAAF
La révolte des Casses-Rôles— CODAAF
Délivré de ma cachette— Efry T. Mudumumbula
Sous la corne d'amour— Efry T. Mudumumbula
Ghésoko soko : le voyant— Efry T. Mudumumbula

Réalisation de maquette : GNK Éditions Gabon

Tel : (+241) 066 600 380

gnkeditions.gab@gmail.com

Site : www.gnk-editions.com

ISBN papier : 978-2-37806-367-2
ISBN pdf : 978-2-37806-368-9
ISBN epub : 978-2-37806-369-6

Imprimé par gnk.impression@gmail.com /

(+241) 077.853.540

Dépôt légal N°... du Juillet 2021

3e Trimestre 2021

www.ingramcontent.com/pod-product-compliance
Lightning Source LLC
La Vergne TN
LVHW091100150826
845673LV00002B/655

9782378063672